歌集

浮遊感

安江　茂

砂子屋書房

*目次

Ⅰ　春

装本・倉本　修

歌集

浮遊感

I

春

春日ながし

春昼のひかり集まる池水を胸に押しつつ鴨近づきぬ

一呼吸ありて落下に移るとき噴水の穂はもの思ふごとし

ゆく水のこころとなりて遊ばむか職辞めし身に春日《しゅんじつ》ながし

花を踏むゆふべの坂にかぜ出でて職離《か》れし身は浮遊感もつ

それぞれの速度に流れゆく時間職に在りし日と辞めたる今と

佐屋行の電車停まれり　まだ見ねど芭蕉を泊めし水鶏《くひな》鳴く佐屋

すれ違ふ女の群のなかの妻なにゆゑか頬をあからめて過ぐ

国道を遠ざかりゆくバイク音春あけぼののもの音と聞く

水はうごかず

風おこるたびに花ふえて深谷に辛夷は村の奥底ともす

房垂れて咲く山藤を映しつつ朝のくもりに水はうごかず

移りつつ花びらを食ふひよどりの胃の腑ほのぼの花明りする

水飲むと首のばすとき鶏の目に映る天空は何色ならむ

プランターにすみれの種を蒔く妻の口もと尖る　寄り目きはまる

花を咲かすは容赦なきわざ　成長の遅れたる芽をつぎつぎ断ちて

雉子走る春の畑に採る人もなくて闌《た》けゆくだいこんの花

盗らるる前に持ち行けと言ひて老人は大輪のバラ切りてくれたり

こころよぎる哀しみの影あるごとき蠟梅を青磁の壺に移しぬ

ただ一字の添削に句はよみがへり春のうしほはなぎさを洗ふ

グラビアの街

少女らはさよりのごとく透く脚を春日にさらし坂あゆみ来る

隣席に匂ふ少女がひろげゐるグラビアの街は春の色せり

通過電車待つ峡の駅　いま降りし少女が一人霧に呑まれゆく

なにごとの起りしや園児五、六人三輪車かこみ腕組みをする

若き日に見せざりし仕草　足を病む妻は街なかに腕からめ来る

建て替へと決りたる町の集会所つばめ巣立つを待ちて毀《こぼ》たる

食欲はしぶきをあげて虹を生む緋鯉真鯉のせめぎあふ池

床に落とせし十円玉を追ひつめて顔上げかねつ　人が見てゐる

一呼吸遅れて笑ふわれを見て人もまた笑ふ　声をひそめて

貴方《あん》さんはええ人すぎる苦手やとまた言はれたり　ええ人やめむ

四月なかなか

底冷えの今朝の外気を小気味よしと思へるほどに風邪癒えにけり

床屋出でて花屋に寄ればうなづきて苧環《をだまき》の花が迎へてくれぬ

われ先に駆けて来し児ら手洗ひ場の蛇口を前に譲り合ひをり

酔客に犬山城を明けわたしひとり来て見る河畔のさくら

散る際の狂乱に思ひこがれしか桜は根付きたる地を離れぬを

室蘭にさくら咲き那覇に蟬鳴き出づ　四月なかなか楽しき日本

距離を置きてわれは見てをりぬ手籠さげ明るき声に魚値切る妻

大いなる肉塊を吊り売る見れば恐るべしこの町の胃袋の嵩

あどけなく笑みて写れり　若き日の妻は見知らぬ男に傾《かし》ぎ

共に住みしことなき母に似てきたるこのごろの妻　欺きやすし

いま不意に殺意が湧かば術なからむ妻の襟足剃りてやりつつ

富士見ゆ

富士見ゆと声あげしより小半日どこまでゆけど　行けど富士見ゆ

潮満つるやうに寄せくるゆふ闇を押し戻さむと辛夷ゆれゐる

断捨離《だんしやり》の究極ならむ青蜥蜴《あをとかげ》は長き尾を捨てて犬を逃れつ

雷過ぐるを待つ無人駅　大げさに怖がる女もてあましをり

営みは続きゐて人は同じからずもとの職場を名刺持ちて訪ふ

わが退きし後の職場の愚痴聞きてうきうきとせる己あやふし

立飲みののれんの下はとりどりの脚ならびゐておでんの匂ひ

橋の上にすれ違ふとき犬と犬足早に行き過ぎてよりふりむきぬ

うるさいぞ　右に曲ると言ひながら曲らずについて来るダンプカー

わが影ゆらす

落日が背にまはり来て気づきたる真昼間もわれを包みゐし闇

身の錆を吐き出すごとくさくら散る春の暗さのなかより湧きて

競ひ咲く花それぞれの闇を抱くことに牡丹の緋の闇は濃し

このくらゐ容赦なく人を打ちてみたし嵐のあとの牡丹見て立つ

絵のなかの夜霧の橋に待つ人に若くこがれき　今もわすれず

水澄ましのかぼそき脚に蹴られたる水の輪のびてわが影揺らす

何時咲きて散りしか　花を見ぬままに藪柑子《やぶかうじ》小さき実を結びをり

クラクションに短き謝意を表してダンプ穏やかに徐行し行きぬ

ただひとり天のふかみへ泣きにゆく雲雀に帰る麦生はありや

来年も生きて耕さむ作業衣を最終見切の平台《ひらだい》に選る

春キャベツごろりと重し敵将の首のごときを妻に差し出す

鋤き返す春の畑土　くろぐろとものを育てむ力みなぎる

天井板の節穴めぐりいくつもの童話を生みしふるさとの居間

雨蛙ほどは当らぬ予報士のよくしやべること　布団干せなどと

大字小字

大字《おおあざ》も小字《こあざ》も消えてふるさとは算用数字のつらなる異郷

行政コストのことは知らねど合併に消えゆきし小字ひたすら惜しき

日に三度空席を運ぶ赤きバスに華やぎありき　そのバスも来ず

資料館となりたる村の分教場学童の木椅子なんと小さき

合併に字名うしなひし里に来て消えぬ訛を耳すまし聞く

ふるさとの仁太饅頭は哀しかり姉の嫁ぐとき　母の逝きしとき

川底に擬似餌の金具ひかりゐて秘法を守るごとく魚群る

夕かげる市をめぐりて値切りゆくはかなきことも旅の楽しみ

規格には合はざるトマト　みづみづといびつな顔を露店にさらす

化粧の香つよき女が横に来ていたく気の散る歌会となれり

人はみなおのれに甘し　ながながと自作弁護のつづく歌会

ため息の上手な少女一人ゐて何がなし席を悩ましうせり

太陽わらふ

観覧車が汲み上げゆきし孫二人吐き出され来るをベンチに待てり

ふり返りわれの視界にあることを確かめし孫がまた駈け出だす

をさな子は兄と呼ばれて兄となる妹のなみだ拭く仕草さへ

幼子の画帳のなかに赤と黄の太陽わらふ　人の世をわらふ

しのび泣くことを覚えし幼子を抱きしめてをり　母の帰るまで

孫はすでに叱る齢を過ぎたりと脱ぎ捨てし靴揃へつつ思ふ

緋目高は五匹でも群　三人で言ひつのる孫は徒党と言はむ

しろがねもこがねも玉も欲しとおもふ孫もよけれど口答へする

目移りのはげしき妻を離れ来て玩具売場の猿ををどらす

妻の留守に冷蔵庫あけはからざるものを見つけぬ目薬、フィルム

II

夏

八月十五日

国敗れておろおろとゐる父のかたへ蟬追ひゐたり　少年なりき（『火蛾』）

蟬追ひて来たる裏山　祠《ほこら》の前　呆然とゐる父を見たりき

抑揚のあやしき玉音　うなだれて聴きゐたりしより小半時のこと

いかり肩の男が泣くを父に見き　八月十五日消えざる記憶

守護神と斎《いつ》くはちまん　ほこら古り岩室《いはむろ》の奥こけ生《む》してゐつ

八幡は軍神にして加護ふかしとうたがはざりし父とおもふに

落蟬はいのちの際のこゑあげてもはや動かず　敗れたるなり

変り身の早きは新しき世を説きて泰然とをり　敗れたるのち

無知蒙昧の民の愚かさを人は言へど変身の術もたざれば　父よ

偽られしのみに戦ひしわれらならずと頑なに言ふ　寂しき眼をして

あかあかと彼岸花燃えて飢ゑきざす飢ゑきはまればむしろすがしき

母が知らばいかに嘆かむ　ひもじさに人の畑の瓜ぬすみ食ふ

ひもじさに盗りたる柿はしぶけれど余さず食ひて証拠残さず

ひもじくて読みし童話の一行の星になりたる夜鷹羨しき

手はまだ匂ふ

世渡りのへたな家系ぞ　下手なりにゆつくり生きよと父は言ひたり

癒えたしと一途なりし日に食らひたる蛇老いて今わが裡に棲む

鶏を縊《くび》り、むしり、みづから食らひたる少年の日の手はまだ匂ふ

一村を散り散りにして築くダム水余る世となりて完成す

何気なく見上げしわれを覗きゐる防犯カメラを睨み返しぬ

食ふものと食はるるものともつれゐて睦むに似たり　蛇ととんびと

五百羅漢の表情に立つ群衆を走者孤独に無視して過ぎぬ

みの虫が蓑を固めてだんだんに蓑虫らしくなるを見届けぬ

早口のキャスターが増え急かさるる思ひはやまず　茶の間にゐても

読み解きてしまひたる後の隠し絵をなぞるがごとし　定年過ぎは

名古屋場所の西のたまりにいつも来てよく食ふ男　今年まだ見ず

印　籠

黄門がいま印籠を出すところしばらく待てと電話切られつ

気力失せて病みゐると聞くに印籠は老いの力をやしなふらしき

正義は勝つと心はげますは今の世にテレビの中の黄門ばかり

斬られたる悪代官も飛び起きて印籠の前に平伏をせり

腹ふくるる心地ぞ印籠も出さぬまま思はせぶりに幕引くドラマ

稲妻はしる

みづうみに雷雲のかげうつりゆき暮れてするどき稲妻はしる

睦みあふさまは見えねど峡の田の青鷺翔《た》てば白鷺もたつ

よくもまあやってくれたり　苺畑に鵯の狼藉許すほかなし

大皿に朝採りトマト盛りあげて露けきを今日の奢りとなさむ

畑土の黒やはらかに雨を吸ひ馬鈴薯の花ふくらみはじむ

電話口へ母呼びて妻が聞きゐるは去年も問ひたる梅の塩加減

いまひとつ器量に自信なしといふ言訳添へてトマトがとどく

男爵といふ薯、伯爵といふかぼちゃ何のはづみに名付けられしや

闇淡き都市

簡明な答と思ふ　意気込みて問ひかけしとき電話は切れて

闇のみに人は憩ふと思はねど闇あはき都市のねむりは浅し

身うごきのとれぬ車内に空調の温風は悪意をかきたてて吹く

わが手より札を奪ひし自販機は少し焦《じ》らせてビールをおとす

ゲーム機に向かふ少年　ひややかに笑みつつ数人を一気に殺す

砂浜にふかき轍《わだち》を残し行きし若者は何にいらだちゐたる

闇のなか死者と真向かふときのあり闇はあの世とこの世の狭間

鵜の首

郭公の鳴くころ豆を蒔けと言ひし父思ふ　郭公を聞かず久しき

植ゑ終へて人の去りたる水張田《みはりだ》に前山の影かぶさりて来ぬ

採りし菜にしづくのごとく縋りゐる蛞蝓《なめくぢ》もともに流れにすすぐ

鵜の首のふくらみやさし　引き寄せて鮎吐かせゐる若き鵜匠は

勝鬨《かちどき》のごとき警笛ひきゆくは廃車決まりゐる旧型電車

サングラスとりし女は平凡な主婦に戻りてトマト選りゐる

梅雨寒の魚屋町湖底のごとき日暮れ行交ふ人ら魚の眼をもつ

わが町にふさはぬ大型書店ひらきたちまち閉ぢて夢のごとしも

歳月と闇

星に近き座を占めて飲む缶ビールふるさとにまだ知己残りゐて

防犯灯のあはきひかりはうぶすなの湧井の底の落葉にとどく

失ひしは歳月と闇　ふるさとにこころ鎮むるかげらうすれゆく
やすらぎの闇を遣らひてしろじろと灯を連ねゆく高速自動車道
風景となりてしづもる神あればぬかづきて人は添景となる

大股に地を踏まへ立つ花火師の身じろがぬ背に火の粉舞ひ落つ

踊り子ははるけきものを招く手を月にかざせり盆の夜更けて

耕してをれば見知らぬ老婆来て蕪の蒔き時を教へてゆきぬ

採りもせず盗まれもせず桃畑に桃熟れてをり過疎すすむ村

夏音くわんおん

祖父になるとは何ほどのこと　生れたりと電話に聞きて水飲みに立つ

生れ出でてまだ名を持たぬ幼子を窓越しに見る　少し照れくさし

恐るおそる抱き上げてみる　眼も見えぬ肉塊なれどあはれ息づく

「おじいちやんへ」と嫁が書きたる丸き文字昇格名簿に名を見るごとし

うぶすなにひとつばたごの苗植ゑてだれにも言はず　はな咲かば告げむ

ためらひつつ名を呼べば名に馴染み来て夏音《かのん》は夏音の顔となりゆく

乳足らひて笑みつつ眠りゆくときの夏音くわんおん　千手千眼《せんじゅせんげん》

犬連れて日暮れの畦を行くのみの祖父の記憶を語る日あらむ

つらがまへよし

この家に父の座はなく子や孫の来るたびに変るわが椅子の位置

明滅に呼吸合せて幼子は螢となれり　ほたるの沢に

香料のつよき女が通りゆきほたるの沢の闇をみだせり

気心の合ふ一本に心寄る庭木にも相性といふものありて

たびたびの旱《ひでり》に耐へて実りたる今年の柘榴《ざくろ》つらがまへよし

一つ家へひとつの土橋架かりゐて水郷の村つばめ行き交ふ

養蚕の廃れたる村のふる社《やしろ》絵馬の神馬はいまも繭負ふ

売り払はれし代官屋敷　三百年の老松がまづ運ばれ行きぬ

延命地蔵、刺抜き地蔵、子安地蔵、中に新顔の嫁来い地蔵

お祓ひの御幣の風におどろきし供物のさざえ　のそりとうごく

泉

わがこころ楽しくなりぬ街なかに湧き出でてトマト踊らす泉

また別の人にたたかれ身もだえをしてゐる西瓜　買ふことにする

癖のある貌を並べて売れ残る深海魚乾く浜の朝市

合唱の姿勢に背筋のばしたる紀州の目刺し朝市に買ふ

若き日に建設反対の署名せし施設の風呂に今日も来てをり

語尾あげていちいち同意を迫る口調　この女いつもわれを疲れさす

酔ふ男拗ねた女も押し込みてエレベーターは地階へくだる

かかるときも若さは人をかがやかす喪の列にゐてをとめかぐはし

街路灯に喉をさらしてラムネ飲む少女うつくし　盆の夜更けて

仔細ありげに

つばめ五羽巣立てばもとの無人駅古りたる影を田の面に映す

本流は支流をこばみ工事場のにごれる水を片寄せ流る

日の温み残る岩場に目を閉ぢて鳩憩ひをり　さびしきか鳩よ

鶏鳴けば犬が応へて昼ふかき峡のひとつ家を霧が包める

潜りゆき離れて浮きしカイツブリすぐ寄り添へり　仔細ありげに

山鳩のくくみ鳴く声のやさしきは雛孵る日の近きゆゑならむ

尺取虫が歩むをやめて伸びあがる虫にも吐息つくときありて

Ⅲ 秋

膝までは来ず

菊師来て菊人形になにか言ひまう一人きてまた何かいふ

北斗星の柄杓《ひしやく》こぼれし星屑のさえざえとあり木の実降りやまず

漫画読む少女ころりとわらひたる郊外電車秋の陽のなか

さりげなく置かれて菊は匂ひをり咲かせし人の中陰も過ぐ

立ち退かぬ一軒を瘤のごとく置きバイパス工事の終り近づく

病院のエレベーターは細長くひつぎの丈の奥行きをもつ

病状のことにはふれず老医師はわが菜園の出来ばかり聞く

時折に窓近く来て甘やかにわれを呼ぶ猫　膝までは来ず

猫好きは犬好きよりも我慢強しと聞きて肯《うべな》ふ　われは犬好き

押し戻されし紙幣の皺をのばしをり機械は寸分の誤差も許さぬ

花野ゆく母のうしろ背若ければ覚めずにゐよと願ふ夢のなか

裾野

かがやける雪嶺わらふごとく見え飛行機雲は音ともなはず

北斎の絵にたちあがる浪の秀《ほ》が富士より高くしぶきを散らす

山はみな裾野を持つといふことのしみじみとして駿河なりけり

前を行く人の背を見て花野ゆくわれの背中も見られてをらむ

群なして空翔り来し白鷺の地に降りて保つ距離のさびしさ

秋の蚊はまつすぐに来てわれを刺す生き急ぐものは一途に猛し

秋雨の終着駅は始発駅車掌がひとり座席倒しゆく

人乗せぬ終バスは定時を待たず発つ誰も乗らぬと決めゐるごとく

旅ゆけば時雨もたのし　有松の町屋の軒を借りて憩ひぬ

しぐれ来し夕べの坂に会ひし人すきとほる影となりて遠のく

くらがりに銭をかぞへてゐし男おもむろに屋台たたみはじめぬ

夜叉となりゐつ

産卵を終へたる鱒はこの淵にふるさとの砂を嚙みて死ぬとふ

風たちて崩れむとせし蚊柱が土蔵のかげに立ち直りたり

すれ違ふ稚児は背びれのごとき帯そよがせてゆく祭りの闇を

本殿へ男坂と女坂かよひゐてひざ病むわれは女坂をのぼる

奥宮に続く参道　句碑あまたならび立ち文芸の墓見るごとし

神前にをどる小人らもどり来て仮面を脱げばみな若からず

恋ふる身の仕草やさしき祭り木偶《でく》ふり返るとき夜叉となりゐつ

神さびて翁を舞ひし青年がものかげに来てビールを呷《あふ》る

何急ぐ　ちぎれるほどに伸びきれるでで虫の殻ころげさうなり

ゆるゆると過ぐ

昼ふかき峡の一つ家　飼犬は己がこだまと啼きかはしゐる

口ほどに怒りてゐずと見抜きたる猫が悠然とわが前よぎる

早飯《はやめし》と言はれし癖もいつか消え職なき時間ゆるゆると過ぐ

犬つれてゐるとき愛想よき男犬連れぬわれに気付かず行きぬ

校庭に影が走れば日も走り球追ふ少女の素足まぶしき

収穫期の蓮田のほとり過ぎるとき泥田より足を引き抜く音す

曼荼羅寺の裏参道のおでん屋の洗濯機が芋をあらひてゐるも

何か言ひつつ淀殿に衣を着せてゐる菊師は三成の面差をせり

大須界隈

秋日差あかるき街の裏路地の庚申堂に座布団干さる

門前のへび屋の棚の瓶のなかに生ける蝮《まむし》がこちら見てゐる

素地粗きアラブの織布売る店あり織りたる人ら今如何に生く

テロに潰えしビルも全く描きたる油絵を売る間口狭き店に

この街に人伴ひて初《うひ》に見しシネマスコープまぶしかりしよ

バス停に秋日あまねし　老夫婦やさしき間合もちて座れる

絵の裸婦の視線けだるくまつはりくる地下喫茶室かびの匂ひす

地下鉄の六番出口は公園にて地下よりもふかき闇が来てゐる

幼子

幼子はねむりたるまま背伸びしてまひるの部屋の空気を揺らす

パン粥を匙にはこびつつをさな子の口ひらくときわれも口開く

幼子の足おと背後に近づけばペンをしをりに本閉ぢて待つ

ステテコの胡坐《あぐら》よろこび抱かれ来てはしやぎゐし子の寝息伝ひ来《く》

ちよつと来てと孫に呼ばれて立上がる行けば一寸で済むはずもなし

抱く孫のわが腹を蹴る脚の力もてあましゐて恃むものあり

妻と孫と川のほとりに立たせおきてレンズの奥の虹を見てゐる

手につつみあたためやれば凍えゐしバッタは意外な力もて飛ぶ

鮎を走らす

木曽川に飛騨川そそぎ渦巻ける合流点は霧生みやまず

飛騨《ひだ》川は覚め木曽《きそ》川は眠れり少年の日に見しままに川は流れる

美濃、尾張分かつ大河に霧生れて時雨音なく降り過ぎゆけり

底ひまで澄む日まれなる木曽川の今朝は澄みつつ鮎を走らす

谷々は声をひそめて泣きゐたりダムは需要なき水貯めはじむ

病む友へ見舞に添へて残し来し少しの嘘がよみがへる夜半

抜け殻にあなどりがたき力ありて空蟬は楠の幹をはなさず

幼子はまばたかず見て落蟬のいのちの際に真向かひてをり

積み上ぐる廃材にきて憩ふ鳩　よごれて生きるものは猛々し

殺生も装へばかくうつくしく鵜舟のかがり闇を荘厳す

絵のなかの一人となれる心地して夜宮の焚火かこむ輪に入る

耳ひろげ聴く

ポケットの多き上着をもてあます切符はどこに仕舞ひしならむ

耳遠くなれりとはつひに言ひ出せず友の低音みみひろげ聴く

映像は誤爆に崩《く》えしビルの跡に一筋芽ぐむみどりを捉ふ

弾圧も餓ゑも知るゆゑ若者のごとく雄弁に「有事」語れぬ

無人工場にロボットが武器を量産す戦場も無人ならば許さむ

気弱きは己が不徳を詫びて死に厚顔のボス無傷にのこる

ウラル越えし民族のロマン讃ふる記事追はれし民のことには触れず

どくだみの根も枯らすとふ除草剤人ならば骨より腐れてゆかむ

棄てられし飴に溺れてゐる蟻を目守りてこころ冷え冷えとゐつ

いつまでも若き啄木　きつぱりと老いし善麿と並ぶグラビア

無視されしおのれの歌に未だすこし未練残りゐて歌会終る

犬に従ふ

川原に手綱を解けばわが犬は枯野の風となりて駆けゆく

眼が合ひて怯みしはわれの不覚にてそれより先は犬に従ふ

夢のなかに狼となりてゐる犬か月光に向きひくく吠えをり

腹這ひて見たる野の景色　わが犬はこの高さより世を見て生くる

犬もまた抒情するなり　うなだれて夕映えの丘を動かむとせず

用なくば行けぬ裏路地　こもり棲む老人のことも犬と行きて知る

日を浴びて午後のベンチにゐるわれを耳垂れし犬が嗅ぎつつ通る

たくましく汚れて犬は歩みをり暮れなむとして街はたゆたふ

日溜りをなす

孫と読む絵本の熊の胸にありし三日月は今宵屋根のうへに出づ

渾身に母のあと追ふをさな子をわれも渾身のちからに抱けり

幼子は日ごとに言葉たまはりて今日はたどたどと死の意味を問ふ

爺ちゃんはいつ死ぬのかと孫は問ふその瞳にごるまへに死にたし

ひざに来て絵本に見入るをさな子の盆の窪小さき日溜りをなす

昼寝する幼子の足ふれたれば不意にはげしくおもちや箱鳴る

脈絡もなき切れぎれの夢のなかに子を叱りゐき　覚めて動悸す

裸木《はだかぎ》となりたる欅《けやき》天を指す余剰なるものを脱ぎしするどさ

Ⅳ 冬

刀身となる

送り来し越《こし》の寒鰤　包丁に身をのせてわれは刀身となる

嫉妬してゐるかもしれぬ　抱き合ふキャベツ荒々とはがしゐる妻

母の辺に一夜寝しのみに語尾の揺れはげしき妻と遅き朝餉す

生き生きと越の訛りに言ふ妻はふるさとに来て少女にもどる

家ごとに濯ぎ場をもつ街道行きすすぐ人を見ず　冬なればなほ

少しづつ冬の日差しを蓄へしおほいぬのふぐり根に力あり

相容るるすがたに鳩と老人とパン分かちあふ朝の公園

人に会ふまれな機会の一つなれば忌日もよき日　つつしみて待つ

大鍋におでん煮え来ぬ　月も出でぬ　何人来ても酒さへあれば

話題また老後のことに戻りゆく今を老後の顔寄せ合ひて

美容院へ行くと短きメモの上に蜜柑一つ置き妻は留守なり

きりもなき積木あそびに付き合ひて今年のことも終らむとする

職退きて暮しのけぢめ薄れゆく今年の注連《しめ》は大ぶりにせむ

ひとり笑ひ

文庫本より目をあげし女　乗客を見まはしてのち一人笑ひす

割り込みて来たるをんなの臀部《ゐさらひ》に弾かれしごとく男は立ちぬ

よろめきてつけし手形がいつまでも朝の電車のガラスに残る

水槽をめぐる鰯の群に似て地下街あゆむ　身は透きながら

ゆふぐれの電車に見れば今朝も見し顔それぞれに憂ひを深む

訛り強き吃音にわれを呼び止めし店の鸚鵡はこちら見てゐず

晩学もよきかな古書を読み泥《なづ》み一行を追ひて一日費《つひ》ゆ

横向きの子規の写真の眼光に射抜かれし闇のふかさ思へり

シルクロードの果ての国から力士来て大和醜男《やまとしこを》を投げ捨てにけり

腐臭

欠けし歯をもてあそびつつひとときを己が腐臭と戯れてゐつ

つまづきし石を叱りてゐる老婆かかる自在も老いの形態

寄り切りといふ単調をつらぬきし横綱鏡里　恋ひておもふも

すれ違ふ刹那さぐりの色を帯びてわれを見つめたる眼を恐れゐる

植込みに突き刺すごとく自転車を乗り捨てし少年は駅へ駆け込む

晩鐘を騒音と聞くひと増えて寺町七寺撞かずの鐘垂る

泥《なづ》みつつ生きて来しゆゑよどみなく語る体験談われは信ぜず

うつくしく蝶のむくろを並べ置きて昆虫博物館死をおぼろにす

一瞬の風の怯みを衝くごとく竹直立す　するどき音に

異物感耐へて呑みたる胃カメラは螢火ほどに胃を照らしゐむ

目を見つめ昨夜の酒量を問ひし医師カルテの端に何か書き留む

立飲み酒場

プラットホームの立飲み酒場　こんにやくが串に縋りて震へゐるなり

春の磯に潮がふくれて来るやうなコップの酒にくちびるを寄す

しらふでは角が立つゆゑ一、二杯飲み乾してより核心に入る

酔ふほどにもつるる舌でさぐりゐる一瞬に彼を黙らす言葉

この人の愚痴は芸なり　夜更けまで愚痴聞きてゐて不愉快ならず

飲み明かすなどと言ひつつ真つ先に電車が来れば飛び乗るあいつ

堀川の底よりひくき地下駅に行き交ふ人ら魚の眼をもつ

足ほそき蟹をせせりてゐるしばし忘年会は静かに過ぎぬ

降る雪に屋根は円みを帯びゆきて街はにはかに優しさを増す

冬夜

柿食へば子規の横顔あらはれてわれに励めとうながす冬夜

湯に漬《ひ》でて透き通るとき菜はうまし人も然《しか》ならむ　透き通りたし

辻斬りに出でたつごときマスクして夕暮れの街へ酒買ひに出づ

耕運機に付きてついばむ白鷺の歩幅そろふはさびしさに似る

掘り出せし冬眠蛙埋めもどす息をふさがぬ土をえらびて

鉋屑も舞はず釘うつ音もせず積木のやうな家建ちあがる

北の空地にお菓子のやうな家建てり今年の雪は何処に捨てむ

凧糸を手にたぐりつつ少年は天のふかさを探る目をする

見据ゑむ

医師の手はひたと止まりて鳩尾《みぞおち》に痛み走れり　息とめて堪ふ

内視鏡のぞきたるまま癌と告げて医師はあかるくからだ寄せくる

無影灯の淡きひかりはわが過去につもる暗さも照らし出だしぬ

遅々として進まぬ時間　癌ゆゑに見え来るもののあらば見据ゑむ

煩はしきは常に避け来し人生に避けきれぬものありて病み臥す

幼子にもの言ふごとく名を呼ばれ点滴の管は差し替へられつ

氏名確認といふ大仕事　もつれたる舌引き上げて名を告げむとす

肺を切り胆囊を捨て腸も棄てぬ残る臓腑の何ぞいとしき

明るくあらむ

離れ住む子ら集ひ来てにぎはへば病みて苦しきことのみならず

飲むな走るな重きは持つな　いたはりは懇願に似て我を縛りくる

さう言へばあの時が今日の前兆と昨日思ひき　今日また思ふ

初明り畳に射し来　胸中に満ちくるもののなしとは言はず

病みて過ぎし一年は夢　若水に口すすぐとき気力よみがへる

病む日々は明るくあらむ　人にすがり生きてなし得る最善として

秋の蚊は羽音もたてず忍び来てガラスに這ふを打ちかねてをり

言葉つくして貧しき生を飾らむか病みし現実《うつつ》もいろどりとして

水踏んで

水踏んでゐるさびしさを背に見せて白鷺一羽暮れのこりゐる

魚影なき溝川にひとり立つ鷺は何を食ひしか　今日も動かず

ひくく飛びて降り立つ土をさぐりゐる鷺は緊張を脚にあつめて

しんしんと冷えゆく沼にくぐもりてこの世を怒る鴨の声ひくし

嘴に余る万両の実を呑み込みて目白は声もたてずに消えぬ

大鷹がとらへしものの脚見えてもみぢの谷を影よぎりゆく

一木《ひとき》のみ紅葉《こうえふ》早きななかまど水にうつして堀のしづけさ

黄落《くわうらく》を遂げし銀杏は身より濃きかげをおとして土にうごかず

枯れ葦に芯の硬さのまだありて風にさからふ音かはきゐる

行き所なき冬蜂が枇杷の葉に涙をぬぐふごとき仕草す

二人笑ひぬ

不用意になまの大豆を嚙みあてし後味に似て妻とあらそふ

言ひし悔い言はざりし悔いさまざまに思ひ出づ　連れ添ひて五十年

言ひ過ぎし悔いも少しはありながらすぐ忘るるも年の功ならむ

小半日むかひゐてもの言はざりしと気付きたるとき二人笑ひぬ

ややありて二人一度に言ひ出でて再び黙す　日に幾たびか

駅階段の先行く妻の後れ毛に白さ目立ち来と思ひて言はず

廃品に出すべき書籍たばねをりおのれの裡をさらす思ひに

ゆるやかに日脚のびゆき病む身には暖冬もよし　不気味と言へど

おだやかな心に書きたき返書なればこころ急きつつ三日過ぎたり

病みをれば成すなく過ぎしこの年の仕事納めにぎんなんを剝く

Ⅴ　喪の季節

喪の季節

模様替への居間の本棚　手ふれたるこの本の著者も鬼籍に入りぬ

どこまでも追ひ来る視線逃れむと遺影の見えぬ席に座りぬ

棺の道あけよとひくき声のして庭の鶏頭は引き抜かれたり

狷介に生き終へし一人の霊前に諧謔めきて長きながき弔辞

浮かび来るはこの場に合はぬ言葉ばかり故人を偲ぶ座に黙しをり

長病みの友の死ほどほどの慶事なれば級友ら寄りて酒酌み交す

喫茶店に葬りの帰路の人ら来て花輪の主のせんさくはじむ

まどろめる脳をくすぐる電子音鍼の治療の終りを告ぐる

花首

父祖の霊しづまる谷の襞ふかく有線放送は兄の死を告ぐ

指をもて閉ぢやりし眼は時を経て半ばひらきをり未練あるごとく

遺影の眼と合ひてたぢろぐ　欺くといふにあらねど癌と告げざりき

葬儀屋の取り出す手帳あらかじめ友引の日に赤きしるしあり

枕花のぼりつめたる尺取虫が空さぐりゐて兄の通夜おはる

なきがらに添ひし一夜のしらみ初め葬送の時刻ちかづきて来ぬ

瀬の音にひぐらしは声添へて鳴き黄泉《よみ》ゆく兄をはげますごとし

かなしみはこの世にこぼれ幼子の投げし花首は棺にとどかず

地図に見れば点に過ぎざる字《あざ》ひとつ兄の一生を閉ぢ込めしところ

別れ際にさりげなかりし物言ひに死の覚悟ありぬ　逝きて思へば

父ふたり持ちたるごとき歳の差に兄とあらそひし記憶はもたず

遠雲に夕ひかり射し兄のゐぬ冬はあはく過ぐ　思ひゐしより

兄にしか言へぬ思ひのまだあるを七回忌の座の静けさに思ふ

幼馴染よ

クラス会をまづ黙禱より始めむと案内あり　今年死にたるは誰そ

人の死をおくるにさへも要る体力　駅の階段に息しづめをり

自づから老いに遅速のあることも人の世なれど　をさな馴染よ

おでん屋をして城崎にゐるといふ噂をさかなに飲むクラス会

クラス会の宿の庭石にこゑかけて庭師の貌に老いゆくひとり

飲みさしのビールのグラス　中座せし人よりも重き存在感あり

さりげなく酒の座抜けし一人のことみな気づきゐて口には出さず

妻子連れて村出でし一人定年を過ぎて戻り来ぬ　妻ら帰らず

生き残りしは誰の采配　喜寿過ぎて生者死者なかばするクラス会

次はだれの葬儀の席で会はむかなど軽口を潮にクラス会終る

去年のさくら――悼・早川謙之輔

訃を告げてみじかく切れし電話の後ありありとして去年のさくら

五十年の交遊なれど突然の死なれば最後の声も聞かざりき

天井ひくき下宿の部屋に夜ごと歌ふロシア民謡を青春歌として

肺を切りしわれと胃の腑のなき君といづれが先と噂されゐき

死を待つと書き来し君も縊《くび》れたしと書きやりし我も二十歳《はたち》なりしか

木工の家業を継ぐと告げし日のひよわなる笑顔いまもわすれず

「会いたい」と一行のみの添書きの個展案内もとどかずなりぬ

わが手に残る習作期の盆、栗の座卓、征太郎の猫のねむる額縁

君が遺愛の橡《とち》の小盆の表情のゆるぶときあり杢目撫づれば

会葬者の列につき行きて添へやりし花首の白に頬明るめり

せかせかと鳴きて君の死を急かせたる冷夏の蟬も命惜しからむ

君の柩のせたる車さかりゆく生きてあらねばふりむきもせず

仰がるる華あるうちに逝きにしを幸ひとせむ　夜の鳳仙花

三椏咲けり――成瀬有を偲ぶ

逝きて三たびの春めぐり来て三河路に三椏《みつまた》咲けり　人はかへらず

この三年ひと日ひと日に逡巡ありみつまたの咲く春はめぐるに

灯を消して語りしこともおぼろにて夏の吉野の青葉にほひ来《く》

思ひ出づる吉野宮滝　岩の上にひろげたる地図に置きし柿の実

広小路　君と飲みたるおでん屋の屋台とりはらはれて跡なし

宗祇水、沼空の歌碑めぐりつつ歌を語りき　飽くこともなく

座敷わらしも河太郎《があたろ》も酔ひて浮かれ出で冬の湯宿に時間とまりゐつ

息絶ゆるせつな思ひしは歌なりしや妻子なりしや　死ねば思ほゆ

ただ一途に根《こん》を尽して死にゆけり死の際までも歌に執して

君はいまふり返りしか　ひつぎゆくさきたまの野に冬日かたむく

うしなひし一人思へばつくづくと今年さびしきひぐらしの声

思ひあふれて言葉たゆたふ君の歌くちずさむとき五体をののく

君の死ののちも明るき秋空に歌のゆくへを追ひつつ行かむ

あとがき

『浮遊感』は私にとって『幻郷』『火蛾』に続く第三歌集にあたる。定年後の緊張感を欠いた日常から生れる作品に自信が持てず、歌集をまとめる決心がつかないまま二十年余りが過ぎてしまった。その間に詠んだ二千首を越える歌の中から四一五首を選んで一冊とした。未練を言い出せばきりがないが、自分の実力を考えると、歌数が多すぎては読者を辟易させるし、少なすぎる歌数では一冊を支えきれない。四百首前後が相応と考えてこの規模に決めた。

題名は収録した作品の中にある「花を踏む夕べの坂に風出でて職離れし身は浮遊感もつ」からとった。歌としては甘いし、漢字の姿にも不満はあったが　定年退職後の足場の決まらない不安定な精神状態に近い言葉としてこれを選んだ。

本書の刊行とほぼ同時期に『ことば遊びの楽しさ』という雑俳の解説書を予定しているが、これは数年前に刊行した評伝『伊良湖の歌ひじり・糟谷磯丸』と表裏をなすもので、文字を知らない磯丸が歌を詠むことの出来た背景に、雑俳という言葉遊びが存在し、特に東海地方でそれが盛んだったことを考察したものである。研究というには浅く、歌論というには古臭い小論にすぎないが、こういう事柄に深入りすると、不器用な私には歌が出来なくなってしまい、このところ何年かほとんど歌を作っていない。現在の健康状態から考えると、これが私にとって最後の歌集になるかも知れないという予感もあるが、一方では、この歌集を契機にして、これまでやって来たことを問い直し新たな歩みを始めたいという、ひそかな願いも捨てきれないでいる。

本書の刊行にあたり、砂子屋書房の田村雅之氏をはじめ多くの方々のお世話になった。記して感謝の気持をささげたい。

二〇一五年五月三日

安江　茂

安江　茂（やすえ　しげる）
一九三七年　岐阜県加子母《かしも》村（現中津川市）生まれ
一九七五年　岡野弘彦主宰の「人」短歌会に入会し、短歌をはじめる。
一九九三年　「人」解散、翌年成瀬有主宰の歌誌「白鳥」の創刊に参加（二〇一三年終刊）
著書　歌集『幻郷』（一九八九年、本阿弥書店）
　　　　　『火蛾』（一九九四年、角川書店）
　　　歌書『伊良湖の歌ひじり・糟谷磯丸』（二〇一〇年、本阿弥書店）
　　　　『ことば遊びの楽しさ』（近刊、砂子屋書房）
現在、現代歌人協会会員、中部日本歌人会顧問、岐阜県歌人クラブ会員

歌集　浮遊感

二〇一五年八月八日初版発行

著　者　安江　茂
愛知県犬山市塔野地字山王一一―二（〒四八四―〇〇九四）

発行者　田村雅之

発行所　砂子屋書房
東京都千代田区内神田三―四―七（〒一〇一―〇〇四七）
電話　〇三―三二五六―四七〇八　振替　〇〇一三〇―二―九七六三一
URL　http://www.sunagoya.com

組　版　はあどわあく

印　刷　長野印刷商工株式会社

製　本　渋谷文泉閣